*B.****

11 | Chambre des Commissaires-Priseurs
Donné à la Bibliothèque Nationale
le

AF361055

CATALOGUE

DES

LIVRES D'ARCHITECTURE

ET DES

OUVRAGES ILLUSTRÉS

PROVENANT

DE LA BIBLIOTHÈQUE DE M. B***, ARCHITECTE

VENTE AUX ENCHÈRES PUBLIQUES

Le Samedi 13 Juin 1885

A 2 deux heures très précises

A L'HOTEL DES COMMISSAIRES-PRISEURS, RUE DROUOT

SALLE N° 4

Par le ministère de M⁰ G. BOULLAND, commissaire-priseur

Assisté de M. F.-J. FÉCHOZ, libraire

PARIS

FÉCHOZ, LIBRAIRE

5, rue des Saints-Pères, 5

—

1885

CONDITIONS DE LA VENTE

La vente se fait au comptant.

Les acquéreurs payeront 5 p. 100 en sus des enchères, applicables aux frais.

Il y aura exposition chaque jour de vente, de 1 à 2 heures.

Les ouvrages devront être collationnés sur place et dans les vingt-quatre heures de l'adjudication. Passé ce délai ou une fois sortis de la salle de vente, ils ne seront repris pour aucune cause.

M. FÉCHOZ, chargé de la vente, remplira les commissions des personnes qui ne pourraient y assister.

CATALOGUE

DES

LIVRES D'ARCHITECTURE

ET DES

OUVRAGES ILLUSTRÉS

PROVENANT

DE LA BIBLIOTHÈQUE DE M. B***, ARCHITECTE

VENTE AUX ENCHÈRES PUBLIQUES

Le Samedi 13 Juin 1885

A 2 deux heures très précises

A L'HOTEL DES COMMISSAIRES-PRISEURS, RUE DROUOT

SALLE N° 4

Par le ministère de M° G. BOULLAND, commissaire-priseur

Assisté de M. F.-J. FÉCHOZ, libraire

PARIS

FÉCHOZ, LIBRAIRE

5, rue des Saints-Pères, 5

—

1885

CATALOGUE

DES

LIVRES D'ARCHITECTURE

ET DES

OUVRAGES ILLUSTRÉS

PROVENANT

DE LA BIBLIOTHÈQUE DE M. B***, ARCHITECTE

1. ADELINE (J.). Hippolyte Bellangé et son œuvre, avec eaux-fortes et fac-simile. *Paris, Quantin,* 1880, gr. in-8, br.

2. ALBERT (Léon-Bapt.), *Florentin* L'Architecture et art de bien bâtir, div. en x livres, traduicts en franç. par Jan MARTIN. *Paris,* 1553, in-fol., fig., vélin.

3. ALBERTI (Léon-Batista). L'Architettura tradotta in lingua florentina ; nombr. grav. sur bois. In *Venetia,* 1565, pet. in-4, titre grav., veau.

4. ALBUM de 84 planches représent. divers monuments de France et de l'étranger, plans, coupes, élévations, etc. *Paris, Mariette,* s. d., in-fol., obl., demi-vélin.

5. ANDROUET DU CERCEAU (J.). Livre d'architecture contenant les dessins de 50 bastiments tous différents, etc. *Paris, B. Prevost,* 1559, in-fol., 63 pl. grav., veau ant.

6. ANDROUET DU CERCEAU (J.). Livre des édifices antiques romains. *S. L.,* 1583, in-fol. de 50 planches grav. sur acier, vélin (*titre et quelques pl. remontés*).

7. ANTIQUITÉS ROMAINES. Recueil d'environ 200 planches gravées en taille-douce par Marco SADELER, Van SCHOEL, Giacomo ROSSI, etc., de monuments de l'ancienne Rome et de ses environs. 2 vol. in-fol., veau ant.

8. ARCHITECTURE. Collection des prix que la ci-dev. Académie proposoit et couronnoit tous les ans. Grav. au trait. *Paris, Basan, an III et suiv.*, 4 vol. in-fol., demi-rel.

9. ARCHITECTURE. Styles divers ; extérieur. Collection de plus de 247 plans, coupes, élévations, vues et portraits antérieurs au XIX* siècle ; grav. de MARIETTE, DE LORRAINE, PATTE, PIERRON, etc., in-fol., demi-maroq.

10. ARCHITECTURE moderne ou l'art de bien bâtir, tant pour les maisons que pour les palais. *Paris, Jombert,* 1728, 2 vol. in-4, d'ensemb. 150 planches en taille douce, veau ant.

11. ARMAND (Pr.). Hist. de St-Remi, précédée d'une introd. et suivie d'un aperçu histor. sur la ville et *l'église* de REIMS ; suivie d'un texte explicatif de l'album. *Paris,* 1846, in-8, br.
— ALBUM de l'Histoire de St-Remi, in-fol. gr. aigle de 12 planches coloriées représ. les tapisseries de Reims ; cart. toile, orn., fil., tr. dor.

12. L'ART. Revue hebdomadaire illustrée. De l'origine 1875 à 1883, formant 35 vol. in-fol., dans le carton. de l'édit., percal. rouge, orn., tête dor., non rogn.

13. L'ART ANCIEN ET L'ART MODERNE à l'exposition de 1878. Texte par MM. E. de BEAUMONT, Th. BIAIS, EPHRUSSI, B. FILON, P. MANTZ, E. PIOT, etc., etc.; sous la direct. de L. GOUSE. Eaux-fortes. Héliograv., Chromolith., ensemle 30 planch. hors texte ; 500 grav. sur bois dans le texte. *Paris, Quantin,* 1879, 2 vol. gr. in-8, demi-chagr. rouge, dos orn.

14. ART POUR TOUS (L'). Encyclopédie de l'art industriel et décoratif, sous la direct. de Emile REIBER et Ch. SAUVAGEOT. Texte en français, anglais et allemand. *Paris, Morel,* 1861-1883, 23 vol. in-fol., dans le carton. de l'éditeur.

15. L'ART ET LA MODE. La mode en toutes choses. Revue périod. sous la direct. de H. de Hem. Première année 1882-83. 4 vol. in-fol., nombr. grav. en noir et couleurs, carton. de l'édit., percal., orn., tête dor., non rog.

16. ARTS ET MÉTIERS de Rome. Collection de 62 pl. grav. sur
acier et représent. des trav. d'ingén. et de charpentage. *Rome*,
1773, in-fol., demi-vélin, avec coins.

17. ARTISTE (L'). Revue des Beaux-Arts et des Belles-Lettres
sous la direct. d'Ars. HOUSSAYE. Nouvelle période, année
1862 à 1883, formant 53 vol. in-4 et gr. in-8 jésus, rel. demi-
maroq. rouge, dos orné.

18. AUBRYET (Xav.). Les boulevards de Paris ; 21 eaux-fortes
par A. P. MARTIAL. *Paris*, 1878, in-8 jésus, pap. vélin.

19. BALTARD (L. P.) et PERCIER (C.). Galerie de Diane à Fontainebleau, peinte par Ambr. DUBOIS en MDC. *Paris*, 1858,
in-fol., orné de 16 pl. grav. sur acier et impr. à la sanguine
sur bristol.

20. BASTARD (le comte A. de). Études de symbolique chrétienne ;
vign. dans le texte, 1 pl. en couleur et or. *Paris, Impr. impér.*,
1861, in-8, demi-maroq. viol., tr. peigne.

21. BEULÉ. L'Acropole d'Athènes. *Paris, Didot*, 1862, in-8,
5 pl. grav.

22. BLANC (Ch.), *de l'Institut*. Les artistes de mon temps. Ouv.
orn. de vign. dans le texte et de 29 grav. sur bois. *Paris*,
Didot, 1876, gr. in-8, br.

23. BLANC (Ch.). Histoire des peintres de toutes les écoles. *Paris*,
Renouard, 1848-76. Environ deux cents livraisons séparées,
de toutes les écoles.

24. BLONDEL (J. F.). Architecture française ou recueil des plans,
élévations, coupes et profils des églises, palais, hôtels, etc., châteaux de Paris et des environs. *Paris, Jombert*, 1752, 4 vol.
in-fol., veau fauve, orn., fil., dent., tr. rouge.

    Superbe exemplaire dans une riche rel. moderne.

25. BLONDEL (Fr.). Cours d'architecture enseigné dans l'Académie royale d'architecture. *Paris et Amst.*, 1688, 5 parties en
3 vol. in-fol., nombr. planches grav., rel. demi-maroq., dos orné.

26. BLONDEL (J.-Fr.). De la distribution des maisons de plaisance et de la décoration des édifices en général. *Paris, Jombert*, 1737, 2 vol. in-4, frontisp., vignettes, culs de lampes, lettres grises, réglets et 149 planch. grav. en taille-douce, la plupart doubles et montées sur onglets, veau ant.

27. BLONDEL (J.-Fr.). De la distrib. des maisons de plaisance et de la décorat. des édifices en général. Ouvr. enrichi de 160 pl. en taille-douce, grav. par l'auteur. *Paris, Jombert*, 1737, 2 vol. in-4, veau ant.

28. BLONDEL. Traité d'architecture, etc. *Paris, Desaint*, 1771, 9 vol. in-8, dont 3 de pl. Les 4 premiers vol. et les 2 premiers de pl. maroq., rouge., fil., tr. dor. ; les 5ᵉ et 6ᵉ, broch., ainsi que le 3ᵉ de planches.

29. BLONDEL et SER. Rapport sur les hôpitaux civils de Londres au point de vue de leur comparaison avec les hôpit. de Paris. *Paris, P. Dupont*, 1862, in-4, br.

30. BOLDMANN (Nicolas). Architecture civile, ouv. en langue allemande, enrichi de 93 planches grav. en taille-douce. *Leipzig, Richter*, 1708, in-fol., titre gravé, veau (*rel. fatig.*)

31. BRISEUX (C.-E.), *architecte*. L'art de bâtir des maisons de campagne, enrichi de 260 pl. en taille-douce, grav. par De LA MORINIÈRE ; frontisp. par MOREAU ; têtes de chap., culs-de-lampes, fleurons. *Paris, Gibert*, 1761, 2 vol. in-4, veau ant.

32. CHANTS et CHANSONS populaires de la France avec AIRS NOTÉS et accompagn. de piano. *Paris, Plon*, 1858, 2 vol. in-8 jésus, nombr. grav. en taille-douce, cart. de l'édit., tr. dor.

33. CHARVET (J.). Statue et vases de bronze exposés au Palais de l'industrie. *Paris*, 1880, in-fol. orn. de 3 planch. et de 4 gr. vign. dans le texte, en cart.

34. CHRISTIAN DECORATION. Divers works of Early Masters in Christian decorations vith examples of ancien painted and stained glasses from York, Kent, Windsor, etc. etc., and Gouda and Liège. *London*, 1846, 2 vol. in-fol. sur bristol. orn. de 70 planch., dont 46 en couleurs (2 triples et 3 doubles montées sur onglets) ; nombr. grav. sur acier dans le texte, demi-maroq. avec coins, dos orn., n. r. (*piq. d'humid.*).

35. Collette (A.). Encyclopédie de l'ornementation. *Paris, Caudrillier, s. d.*, in-fol. de 72 pl. contenant ens. 728 sujets lithogr., impr. en couleur, carton.

36. Congrès archéologique. *Paris*, 1846-1881, 35 v. in-8, br.
L'année 1857 manque.

37. Contant (Clément). Parallèle des principaux théâtres modernes de l'Europe et des machines théâtrales, texte par J. Filippi. *Paris, A. Lévy*, 1859, 3 vol. in-fol. colomb., demi-maroq., non rogn. (*Quelques piq. d'humid.*).

38. Contant d'Ivry (P.). Œuvres d'architecture, grav. par Faraval, frontisp. grav. par Barabé. *Paris*, 1769, in-fol. de 72 pl., demi-veau.

39. Cornelius. Spectaculorum in susceptione Philippi, Hispaniæ principis, divi Caroli V, Cæsaris filii, anno 1549, Antverpiæ æditorum mirificus apparatus. *Anvers*, 1549, petit in-4, nombr. gr. sur bois, maroq. rouge, orn. fil., dent. int. (*Gruel*).
Description curieuse en prose et en vers latins de l'entrée de Philippe II à Anvers, reproduction des inscriptions, monuments, arcs de triomphe, etc.

40. Cotman (John). Les Antiquités monumentales de la Normandie avec des notes histor. et descriptives par P. Louisy et introd. par M. de Beaurepaire. 100 grandes planch. grav. à l'eau forte ou en taille-douce par J. Cotman. *Paris, A. Lévy*, 1881, in-fol. colombier monté sur ongl., demi-maroq. rouge avec coins, tête dor., n. r.

41. Courtonne. Traité de la perspective pratique avec des remarques sur l'Architecture, etc. *Paris*, 1725, in-fol., orn. de 33 gr. planch. grav. sur acier, veau anc.

42. Cousin (Jehan). *Senonais, maistre painotre à Paris.* Livre de perspective. *A Paris, Jehan le Royer*, 1560, in-fol., fig., demi-veau.

43. Curiositez de Paris (Les), réimprimées d'après l'édit. origin. de 1716 ; nombr. vign. sur bois. *Paris*, 1883, gr. in-8 jésus.

44. Cuvilliés (de). Livre de développements de bordures de tableaux, par M. F. de Cuvilliés, premier architecte de S. A. S. E. de Bavierre. *Paris, Poilly, S. D.*, in-fol., frontisp., 67 planches grav., rel. maroq., orn. fil., dent., tr. dor. (*Gruel*).

45. Cuvilliés, *architecte*. Morceaux de caprice et fantaisie à divers usages grav. par G. S. Roesch, Lespilliez et Wolf : fontaines, décors de parcs et jardins, cheminées, cadres et bordures de tableaux, ens. 36 planches sur pap. bristol, mont. sur ongl. en 4 albums in-fol., demi-maroq. violet, avec coins.

46. Daviler. Cours d'architecture, orné de 103 planch. grav. sur acier. *Paris, Mariette*, 1710, petit in-4, veau vert, orn., tr. dor.

47. Daviler (A.-C.). Cours d'architecture qui comprend les ordres de Vignole et la descrip. de ses plus beaux bâtiments et de ceux de Michel-Ange, etc. *Paris, Mariette*, 1720, 2 vol. pet. in-4, demi-veau fauve.

48. Daviler (C.-A.). Cours d'architecture qui comprend les ordres de Vignole, etc., etc., et généralement tout ce qui regarde l'art de bâtir. *Paris, Mariette*, 1750, in-4, frontisp., 103 pl. grav. sur acier, veau ant.

49. Declaux et Doury. Hist. archéolog., descriptive et graphique de la Ste-Chapelle du Palais, rédigée, dessinée, peinte et publiée par Declaux et Doury. *Paris, Malteste*, 1857, in-fol., 5 planches grav. en taille-douce et impr. sur chine, titre et 20 planches or et couleurs ; encadrem. de couleurs, rel. demi-maroq., avec coins, dos orn.

50. Delafosse. Importante collection de 172 planches dessinées et gravées par le Maître, représentant div. motifs décoratifs, attributs de guerre, de chasse, religieux, etc., etc., in-fol., demi-maroq. vert avec coins, pl. sur onglets.

51. Delord (Taxile). Hist. illustrée du second Empire. *Paris, Germer Baillière*, 6 vol. in-8 jés., 459 grav. dans le texte, env. 50 têtes de chap. et culs-de-lampe.

52. Dietterlin (Wendel). Architettura. *Nurnberg*, 1598, in-4 de 206 pl., demi-rel. (*toutes les pl. et les titres sont remontés*).

53. Dolce (Lodovico). Imprese nobili et ingeniose di diversi Prencipi et d'altri personnaggi illustri, con le dichiarationi in versidi, 72 pl. grav. *In Venetia*, 1583, in-4, vélin.

54. Dumont. Parallèle de plans des plus belles salles de spectacle d'Italie et de France avec des détails de machines théatrales, au nombre de 54 planches grav. ainsi que le texte, par Sellier, Israel etc. *Paris, l'Auteur*, 1766, in-fol., demi-rel.

55. Durand (J. N. L.). Précis d'Architecture. *Paris, l'Auteur*, in-4, carton.

> 1er vol. contenant 32 planches grav. en taille-douce.

56. Dutert (Ferd.). Le Forum romain et les forums de J. César, d'Auguste, de Vespasien, de Nerva et de Trajan. Etat actuel des découvertes et étude restaurée par F. Dutert, anc. pens. de l'Acad. de France à Rome. *Paris, A. Lévy*, 1876, in-fol. de XIV planch. grav. sur acier; demi-rel. maroq. avec coins, fil., tête dor., pl. sur onglets.

57. Errard et de Chambray. Parallèle de l'architecture antique et de la moderne. Edit. enrichie d'un gr. nombre de planch. grav. en taille-douce. *Paris, Edme Martin*, 1650, in-fol., veau ant., fil.

58. Errard et de Chambray. Parallèle de l'architecture antique avec la moderne. Nouv. édit. augm. des piédestaux pour les V ordres, par Ch. A. Jombert. *Paris*, 1766, in-8, portr., 68 planches, veau ant.

59. Evangiles (Les Saints), traduits par Bossuet, grandes planch. dessinées par Bida et grav. à l'eau-forte sous la dir. d'Hedouin, par Mme H. Browne, MM. Bida, Bodmer, Bracquemond, Chaplin, Flameng, Nanteuil, etc., etc. Les orn. du texte dess. par Rossigneux, grav. sur acier par Gaucherel. *Paris, Hachette*, 1873, 2 vol. in-fol. colombier, maroq., Lavallière, orn. fil., dent., tête dor., tr. ébarbée

60. **Faerne** (Gabr.), *de Crémone.* Fables choisies avec fig. en taille-douce, par Aug. **Simon.** *Paris, Remaissenet,* 1805, in-4, veau.

61. **Falda** (Gio. Batt.). Le Fontane di Roma nelle piazze et luoghi publici della citta con li loro prospetti. *Roma,* 1691, quatre parties en 1 vol. in-4 obl. de 102 pl. en taille douce, demi-maroq. rouge, dos orné.

62. **Falda** (Gio. Batt.). Li giardini di Roma vedute in prospettiva. *Roma, s. d.,* in-fol. de 19 pl. grav. sur acier, veau ant.

63. **Flammarion** (Cam.). Les terres du Ciel, illustr. de photograph. célestes, vues télescopiq. et nombr. fig. *Paris, Marpon,* 1884, in-8 jésus, cart. de l'éditeur, toile orn., tr. dor.

64. **Flandrin** (Hipp.) Frise de la nef de l'église St-Vincent-de-Paul, peinte par H. **Flandrin,** et reproduite *par lui-même* en lithographie. *Paris, Haro, s. d.,* album de 14 planches gr. in-fol. oblong, cart.

65. **Fogelberg.** Son œuvre publiée par C. **Leconte.** *Paris, Hauser,* 1856, in-fol., planches grav. en taille-douce par **Duveaux, Bollin, Varin, Darodes,** etc., d'après **Le Maître,** demi-rel., maroquin du Levant, avec coins, tête dor., pl. sur ongl.

66. **Fournel** (Vict.). Paris et ses ruines en 1871, précéd. d'un coup d'œil sur Paris de 1860 à 1870 et d'une introduct. hist. Dessins et lithogr. par **Sabatier** Ph. et F. **Benoist, J. David, E. Ciceri, A. Adam,** etc., etc. *Paris, H. Charpentier,* 1873, in-fol., demi-rel.

67. **Fritach** (Adam). L'Architecture militaire ou la fortification nouvelle, ouvr. enrichi de 38 pl. grav. en taille-douce et contenant 184 fig. *Leyde, Elzévier,* 1635, petit in-fol., vélin.

68. **Froissart** (Jehan). Les chroniques ; édit. abrégée avec texte rapproché du français mod. par Mme de Witt., née Guizot, avec 11 chromo-lith., 12 lettres et titres impr. en couleurs et en or, 2 cartes, 33 gravures hors texte et 252 grav. dans le texte, d'apr. les mss. et les monum. de l'époque. *Paris, Hachette,* 1881, in-8 jésus, demi-maroq. rouge, avec coins, dos orn., fil., tête dor.

69. Gailhabaud (Jules). L'Architecture du ve au xviie siècle et les arts qui en dépendent. *Paris, Gide*, 1858, 4 vol. gr. in-4, enrichis de 153 pl. grav. sur acier et 1 atlas in-fol. de 45 pl., demi-chag.

70. Gavarni. La mascarade humaine, 100 grandes compositions; introd. par Ludovic Halévy. *Paris, Calmann-Lévy*, 1881, in-fol., cart de l'édit., tt. orn.

71. Gazette des beaux arts, courrier européen de l'art et de la curiosité. Rédact. en chef : Ch. Blanc. *Paris, Claye*, 1859-1883, 50 vol. gr. in-8 jésus demi-maroq. bleu, avec coins, tète dor., n. r.

72. Glucq. L'album de l'exposition universelle de 1878 : 100 planch. en photograv. par Glucq, impr. par Pougin sur pap. bristol ; texte impr. par Bernard sur pap. vélin fort. *Paris, l'Auteur*, 1878, 2 vol. in-fol., montés sur ongl., rel. tt. de l'édit., tr. dor.

73. Graphic (The), an illustrated Weeckly paper.
2e sem. 1877, cart. perc.. tr. dor. — Années 1878, 79, 80, 81 en livr., moins les n^{os} des 22 mai 1880, 5 et 26 mars 1881.

74. Grévin et Huart. Les Parisiennes. Nomb. illustr. dans le texte, 100 fig. col. hors texte, in-8 jésus, demi-veau rouge, dos orn.

75. Guilmard (D.). Les maîtres ornemanistes, dessinateurs, peintres, architectes, sculpteurs et graveurs ; enrich. de 180 planch. tirées à part et de nombr. grav. dans le texte. *Paris, Plon*, 1880, 2 v. in-8 jésus, dont 1 de pl., demi-chagr., dos orn.

76. Havard (H.). La Hollande à vol d'oiseau, sites et monuments dessinés par Max. Lalanne. *Paris, Quantin*, 1881, in-8 jésus, demi-chagr., dos. orn.

77. Herdtle (Eduard). Flaechen-Verzierungen der Mittelalters et der Renaissance, 28 planch. in-fol. sur bristol. *Stuttgart*, 1869, en cart.

78. Hermann Picard. Album de 33 planches de grav. ancien., ens. 85 sujets grav. en taille-douce par Leblond, Vincent, Desplaces, Vortmann, Gleich (d'après Bertaux), Le Bas (d'après Vernet), Beauvarlet (d'après Téniers), Fortier, Will, Alb. Schmide, Callot, Mitelli, in-fol., demi-chagr. r.

79. HOFFMANN et KELLERHOVEN. Recueil de dessins relatifs à l'art de la décoration chez tous les peuples et aux plus belles époques de leur civilisation ; ouvr. orn. de 80 planches dont 41 par les procédés chromolithograph. *Paris, A. Lévy*, 1858, 2 tomes en 1 vol. in-fol., demi-maroq. du Levant avec coins, tête dor., planch. sur onglets.

80. HOTEL DES INVALIDES (Plan et grav. de l'). Dessins de CHEVOTET, grav. par HÉRISSEY, AVELINE, HORTEMELS et LUCAS pour les plans, coupes et élévations ; grav. de C.-N. COCHIN pour le frontisp. de CAZES et les peintures et décorations de l'édifice ; ens. 157 sujets en 106 planches grav. en taille-douce avec légendes. *S. l. n. d.*, in-fol., veau ant.

81 HOTEL DE VILLE DE LYON (Monographie de l'), restauré par TONY DESJARDINS, *archit. en chef de la ville*, accomp. d'un texte histor. et descriptif. *Paris, Morel*, 1867 (de l'impr. de L. PERRIN, à Lyon), in-fol., sur bristol, enrichi de 76 pl. grav., impr. en bistre par LEMERCIER, montées sur ongl., demi-maroq. bleu, dos orn., n. r.

82. HUSSON (François). L'architecture ferronnière, recueil de planches gravées à l'usage de tous ceux qu'intéressent la construction en fer et la serrurerie d'art, publ. d'après les trav. de BALLU, DUBAN, LABROUSTE, LASSUS, du serrurier LAMOUR, etc., etc. *Paris, A. Lévy*, 1873, gr. in-4 de 88 pl. sur bristol, montées sur onglets, rel. tl. (*fatig.*).

83. HUSSON (A.), *ancien directeur de l'assist. publique*. Etude sur les hôpitaux : construction, ameublement, hygiène, service des malades. *Paris, P. Dupont*, 1862, fort vol. in-4, enrichi de planches grav.

84. ILLUSTRATED LONDON NEWS (The). Années 1864 à 1868, 1870 à 1875, — 2ᵉ semest. 1869, — 2ᵉ semest. 1876, — 24 vol. in-fol., carton. de l'édit., percal. orn., — 2ᵉ semestr. 1877, — 1ᵉʳ semestr. 1878, — 2 vol. en livrais. — Ensemble 26 vol. in-folio.

85. INVALIDES (plan et profils de l'église des). Seize gr. planches grav. en taille-douce. *S. l. n. d.*, in-fol., veau, fil., dos orn. Aux armes de Mgr Colbert, archevêque de Toulouse.

86. Isabelle (E.). Parallèle des salles rondes de l'Italie. *Paris, A. Lévy*, 1863, in-fol. sur pap. bristol, frontisp. en chromolith. et 3 planch. grav. sur acier, cart.

87. Jean-Antoine, *architecte*. Traité d'architecture ou proportions des III ordres grecs sur un module de XII parties. *Trèves*, 1768, in-4, veau.

88. Jeaurat. Traité de perspective à l'usage des artistes. *Paris, Jombert*, 1750, in-4, 101 planch., frontisp., nombr. culs-de-lampe, grav. en taille-douce, demi-maroq. rouge, dos orné.

89. Jousse (Mathurin). Le secret d'architecture enrichi d'un gr. nombre de fig. *La Flèche*, 1642, pet. in-fol., demi-maroq., dos orn.

90. Krafft, *architecte*. Plans, coupes et élévations des plus belles maisons et hôtels constr. à Paris et dans les environs, grav. par Ransonnette. — *Paris, s. d.*, in-fol. de 102 pl. demi-maroq. bleu, dos orn.

91. Labarte (Jules). Histoire des arts industriels au moyen age et à l'époque de la renaissance. Édit. orn. de 50 chromolith. par Regamey, de 29 gr. pl. héliograph., tirées hors texte et de 80 vignettes et culs-de-lampe. *Paris, Veuve Morel*, 1872, 3 vol. gr. in-4, demi-maroq. r., avec coins, tête dor., n. r.

92. La Bédollière. Londres et les Anglais, illustr. de Gavarni. *Paris, G. Barba*, s. d., in-8 jésus, texte encadr., br.

93. Laborde (de). Choix de chansons mises en musique avec accompagnement, ornées d'estampes par Moreau, Le Bouteux et Le Barbier. (*Paris*, 1772). Réimpr. à *Rouen, Lemonnyer*, 1881, 4 vol. in-8 jésus, sur papier vélin fort, demi-maroq. vert, avec coins, ornem., fil., tr. dor.

94. Lachez (Théo.). Acoustique et optique des salles de réunions publiques, théâtres, etc., etc., avec 3 planches grav. sur acier. *Paris*, 1848, in-8, cart.

94 bis. — Le même ouvrage considérablement augm., avec fig. dans le texte. *Paris*, 1879, in-8, br.

95. LACROIX (Paul), *Bibliophile* JACOB. Vie militaire et religieuse au moyen âge et à l'époque de la Renaissance. Ouvr. illustr. de 14 chromolith. par KELLERHOVEN, et de 410 fig. sur bois par HUYOT, *père et fils*.

— Les Arts au moyen âge et à l'époque de la Renaissance. Illustr. de 17 chromolith. et de 400 grav. sur bois.

— Sciences et Lettres au moyen âge et à l'époque de la Renaissance. Illustr. de 13 chromolith. et de 400 grav. sur bois.

— Mœurs, usages et costumes au moyen âge et à l'époque de la Renaissance. Illustr. de 15 chromolith. et de 440 grav. sur bois

— XVIIe siècle : Institutions, usages et costumes ; France (1590, 1700). Illustr. de 16 chromolith. et de 300 grav. sur bois, dont 20 tirées hors texte.

— XVIIe siècle : Lettres, sciences et arts. Illustr. de 17 chromolith. et de 300 grav. sur bois, dont 16 hors texte.

— XVIIIe siècle : Institutions, usages et costumes ; France (1700, 1789), Illustr. de 21 chromolith. et de 350 grav. sur bois.

— XVIIIe siècle : Lettres, sciences et arts. Illustr. de 16 chromolith. et de 250 grav. sur bois, dont 20 hors texte.

— Directoire, Consulat et Empire : mœurs et usages, lettres, sciences et arts ; France (1795, 1815). Illustr. de 10 chromolith. et de 410 grav. sur bois.
Paris, Didot, 1876-1884. Ensemble 9 vol. in-8 jésus, demi chag. rouge, fers spéciaux, tranche dorée (*rel. de l'éditeur*).

96. LA FONTAINE. Fables, précédées de la vie d'ESOPE, par l'auteur, et de l'Éloge histor. de La Fontaine, par l'abbé d'OLIVET. Nouv. édit. grav. en taille-douce, les figures par le Sr. FESSARD, le texte par le Sr. MONTULAY. *Paris, chez l'auteur*, 1765, 6 vol. in-8, veau écaille, dos orn., fil., tr. dor. (*rel. anc.*).

97. LA FOSSE (J. Ch. de). Algemeen Kunstenaars Handboek. *Amstel., J. W. Smit, s. d.*, in-fol., orn. de 103 planch. grav. en taille douce, demi-veau.

98. La Fosse (J. Ch. de). Nouvelle iconologie histor. ou attributs hiéroglyphiques pour servir à toutes décorations. *Amst.* s. d., in-fol. de 103 pl., demi-veau.

99. Lambert (A.) et A. Rychner. L'architecture en Suisse aux différ. époques. *S. l.*, 1883, in-fol., titre et 56 planch. grav. et mont. sur ongl., demi-chagr. vert, dos orné.

100. Lamy (le P. B.). Traité de perspective. *Paris, Anisson,* 1702, in-8, veau ant.

101. Lanth (L. V.). Die Wilhelma maurische villa seiner majestat des Koniges Wilhelm von Württemberg, entworfen und ausgeführt Eigenthum des verfassers 1855, gr. in-fol. orné de planches en coul., demi-maroq. vert avec coins, tête dor.

102. La Rue (J. B. de), *Architecte.* Traité de la coupe des pierres, suivi d'un petit traité de stéréotomie. *Paris, Imprim. Royale,* 1728, in-fol. enrichi de 73 pl. grav. sur acier, veau ant.

103. Le Clere. Traité d'architecture, second volume contenant les figures. *Paris, S. D.* — In-4 de 181 planches grav., veau ant.

104. Léger (A.). Les travaux publics, les mines et la métallurgie au temps des Romains, la tradition romaine jusqu'à nos jours. *Paris, Dejey,* 1875, 2 vol. in-8 jésus dont un de planch.

105. Le Pautre. Fontaines ou jets d'eau à l'Italienne inventez et gravez de nouveau, autels, tabernacles, etc. *Paris, Mariette,* 1661, petit in-4 de 161 pl. sur acier, veau ant.

106. Lepautre (Ant.). Œuvres d'architecture enrichies de 1 frontisp., 59 planch., 1 post-face et une grande pl. scène militaire, le tout grav. en taille-douce. *Paris, Jombert,* 1652, in-fol., veau ant.

107. Le Pautre (Jean). Œuvres d'architecture. *Paris, Jombert,* 1751, 3 vol. in-fol. d'ens. 427 planch., suivies de 45 planch. doubles représ. des marines, chasses, épisodes de guerre, sujets bibliques ou mytholog., etc., etc., demi-maroq. vert., tr. marbrée.

108. Letarouilly (Paul). Le Vatican et la basilique de Saint-Pierre de Rome. Monographie mise en ordre et compl. par A. Simil, grav. exéc. sous la direct. de Ch. Sauvageot, chromolith. sous la direct. de P. Chabat, héliograv. de P. Dujardin. *Paris, veuve Morel*, 1882, 3 vol. in-fol. gr.-aigle, impr. sur pap. bristol., demi-maroq. vert.

109. Lièvre (Ed.). Les collections célèbres d'œuvres d'art, dessinées et grav. d'après les orig., avec textes histor. et descriptifs par nos meilleurs écrivains en ce genre. *Paris, Goupil*, 1866, in-fol. de 50 pl., cart. perc., n. r.

110. Maisons de Bruxelles (Parallèle des) et des principales villes de Belgique constr. depuis 1830, représentées en plans, élévations, coupes et détails, par les principaux Architectes de la Belgique. *Paris et Liège, Baudry, s. d.*, in-fol., Tome II de 117 pl. en un cart.

111. Maisons de Paris (Parallèle des) construites depuis 1850 jusqu'à nos jours, dessiné et publié par V. Calliat. *Paris, A. Morel*, 1864, 2 vol. gr. in-fol., d'ens. 246 planches en taille-douce, demi-rel.

112. Marot (Jean), *architecte et graveur*. Petit œuvre d'architecture, ou recueil de plans, profils et élévations de palais, châteaux, églises, etc., etc. *Paris, Jombert*, 1734, in-4 de 177 planches, grav. sur acier, demi-rel.

113. Marot (J.). Recueil de 120 pl., grav. en taille-douce et représ. divers édifices, châteaux, palais, hôtels, etc., de Paris, des provinces et de l'étranger. *S. l. n. d.*, in-fol. obl., veau ant.

114. Martini. Les grands édifices de Pise ; 40 grav. tirées sur les cuivres originaux du *Theatrum Basilicæ Pisanæ*, accomp. d'un texte abrégé, extrait de Martini. *Paris, Lévy*, 1878, gr. in-fol., en carton.

115. Ménard (René). La vie privée chez les anciens : les peuples et la famille. Dessins d'après les monum. ant. par Ch. Sauvageot. *Paris, Morel*, 1881, 2 vol. gr. in-8, cart. de l'édit., tr. dor.

116. **Michelet**. Histoire de France depuis les origines jusqu'aux
Etats généreux de 1789 ; 5 vol. — Histoire de la Révolution
franç., 4 vol. ; ens. 9 vol. grand in-8, illustr. de 1931 dessins
par les premiers artistes. *Paris, Hetzel,* 9 vol. br.

117. **Mistral** (Fréd.). Mireille, poëme provençal ; trad. franç.
de l'**Auteur**, accomp. du texte orig., avec 25 eaux-fortes
dess. et grav. par Eug. **Burnand**, et 47 dessins du même,
reprod. par le procédé Gillot. *Paris, Hachette,* 1884 ; in-4,
rel. toile bl. ornée, carton. de l'édit., tr. dor.

118. **Molière**. — Théâtre complet, avec préface de D. **Nisard**,
dessins de L. **Leloir**, grav. à l'eau-forte par **Flameng**.
Paris, Jouaust, 1876, 8 vol. gr. in-8, sur pap. vergé, demi-
maroq. rouge, orn. fil., tète dor.

119. **Montesquieu**. Le Temple de Gnide, suivi d'Arsace et
Isménie. Nouv. édit. avec fig. d'**Eisen** et de **Le Bar-
bier**, grav. par **Le Mire**, préface par O. **Uzanne**. *Rouen,
Lemonnyer,* 1881, in-8 jésus, br.

120. **Muller** (Eug.). La Forêt. illustr. par **Andrieux, Bel-
lecroix, Bodmer, Corot, Diaz, J. Dupré, Th. Rousseau**,
etc., etc., grav. par **Méaulle**. *Paris, Ducrocq,* 1878, in-8
jésus, cart. de l'éditeur, toile orn., tr. dor.

121. **Nardini** (Famiano). Roma Antica, avec cartes, plans,
planches grav. *In Roma,* 1666, pet. in-4, veau ant.

122. **Narjoux** (Félix). Architecture communale : Hôtels-de-
ville, mairies, maisons d'école, presbytères, halles, fontaines,
etc., avec une préface de **Viollet-le-Duc**. *Paris, A. Morel,*
1870, 2 vol. gr. in-4 de 113 pages de texte et 150 planches
grav. en taille-douce, en cartons.

123. **Narjoux** (Félix). Le Palais de justice de la ville de Paris.
Grav. exécutées sous la direct. de Cl. **Sauvageot**, sur les
dessins de F. **Narjoux, Fauré, Gaudrier** et **Mignan**.
Paris, Morel, 1880, in-fol., carton. percal., tète dor.

124. NATIVELLE (P.), *architecte*. Nouveau traité d'architecture
contenant les cinq ordres, suivant VIGNOLE, PALLADIO,
Phil. de LORME et SCAMOZZI, enrichi de 125 planches grav.
par HÉRISSET. *Paris, Grég. Dupuis*, 1729, 2 vol. in-fol.,
titre grav., frontisp., lettre ornée, veau rac., fil., dos orné.

125. NEUFFORGE (de). Recueil élémentaire d'architecture contenant plusieurs études d'après les ANC. et les MOD., etc., etc,
Paris, 1757-68, 8 tomes en 4 vol. in-fol. contenant ens. 600
pl. et un vol. de supplém. conten. 306 pl., le tout grav. sur
acier. Ensemble 9 tomes en 5 vol. demi-rel., non rog.

126. NICERON (J.-F.), *Minime*. La perspective curieuse divis.
en 4 livres ; avec l'optique et la catoptrique du R. P. MER-
SENNE, *du même Ordre* ; ouv. enrich. d'un frontisp. et de
XLIX pl. gr. en taille-douce par DARET. *Paris, J. Du Puis*,
1663, in-fol., veau ant., dos orn.

127. OVIDE. Fables choisies tirées des *Métamorphoses*. Gravures
de BERNARD PICART et d'après LEBRUN, nombreuses vignettes, culs-de-lampes, etc. Texte par René MENARD. *Paris*,
Lévy, 1878, 2 vol. in-4, demi-maroq., dos orn.

128. PELAZZI (Giov.), *Piovano*. Aquilæ Europeanæ o vero
storia delle monarchie di Europa tutte con le loro effigie dal
naturale ; aggiuntivi li geroglifici ed allegorie invent. dell'
autore. *Venetia*, 1679, 9 vol. in-fol., nombr. grav., rel. velin.

> Aquila Romana, 1 vol. — Aquila inter Lilia, 1 vol. — Aq. Franca,
> 1 vol. — Aq. Vaua, 1 vol. — Aq. Saxonica, 1 vol. — Aq. Bavarica,
> 1 vol. — Aq. Sueva, 1 vol. — Aq. Austriaca, 2 vol.

129. PALLADIO (Andrea). Quatro libri dell' architettura ; nombr.
grav. sur bois hors texte et dans le texte. *In Venetia*, 1581,
pet. in-fol., demi-chagr. violet, dos orn. (*nombr. mouillures,
titres et quelques feuilles remont.*).

130. PALLADIO (Andr.-V.). L'architecture en 4 livres traitant
des cinq ordres et de la construction des maisons, grands
chemins, ponts, temples, etc., avec plans, coupes et élévations,
trad. de l'italien. *La Haye, Gosse*, 1726, 2 tomes en un fort
vol. in-fol., enrichi de 104 planches en taille-douce, veau ant.

131. Paris dans sa splendeur ; monuments, vues, scènes histor., descriptions et histoire, texte par Audiganne. L. Enault, E. Fournier, Le Roux de Lincy, M. Lafon, Mérimée, Viollet-le-Duc, etc, etc, dessins et lithographies par Ph. Benoist, Chapuy, Dauzats, Ciceri, G. Janet, etc, etc, etc, *Paris, Charpentier*, 1861, 3 vol. gr. in-fol. demi-maroq, dos orné, tête dor. n. r.

132. Patte. Mémoires sur les objets les plus importants de l'architecture, ouvr. enrichi de nombr. planches grav. en taille-douce. *Paris. Rozet*, 1769, in-4, veau ant.

133. Patte. Monuments érigés en France à la gloire de Louis XV, par Patte, *architecte de S. A. S. Mgr. le Prince Palatin*, ouvr. enrichi des places du Roi, suivi des projets de places pour la statue de Louis XV. *Paris, l'Auteur*, 1763, in-fol., veau ant.

134. Percier, Fontaine et Bernier. Palais, maisons et autres édifices modernes dessinés à Rome ; 100 pl. grav. en taille-douce; texte par Dufourni, *de l'Institut. Paris, Ducamp*, an VI, in-fol., demi-maroq rouge, orn. fil.

135. Perret. Des fortifications et artifices : architecture et perspective par Jacques Perret, gentilhomme savoysien. *Paris*, 1601, in-fol. de 21 pl. et frontisp. grav. en taille-douce, demi-maroq. rouge, dos orné, tête dor. (Gruel).

136. Perspective (traité de). Texte allemand, nombr. grav. sur bois. *Hunebructe*, 1531, in-4, demi-vélin.

137 Peyre (M.-J.). Œuvres d'architecture grav. par Layer. *Paris, Jombert*, 1765, in-fol., cart.

138. Pfnor (Rodolphe). Architecture, décoration et ameublement, époque Louis xvi, d'après des motifs choisis dans les palais impériaux, le mobilier de la couronne, etc., etc., avec texte descriptif. *Paris, Morel*, 1865, in-fol., sur bristol, monté sur onglets, enrichi de vign. dans le texte et de 50 pl. impr. en bistre par Lemercier, demi-maroq. rouge, avec coins, tête dorée, non rogné.

139. Pfnor (Rod.) Architecture, décoration et ameublement, époque Louis xvi, dessinées et grav. d'après nature, avec texte descriptif. *Paris, Morel*, 1875, in-fol., sur papier bristol.
— Albertolli (Giocondo). Motifs d'ornements décoratifs pour plafonds, corniches, etc. *Milano*, 1782, collect. de 24 pl. in-fol., grav. en taille-douce
— Du même. Alcune decorazioni di nobili sale et altri ornamenti. *Milano*, 1787, 22 pl. in-fol.. Ensemble 3 ouv. réunis en 1 fort vol. gr. in-fol., demi-maroq. bleu, le tout monté sur onglets.

140. Pfnor (Rod.) Le mobilier de la couronne et des grandes collections publiques et particul. du xiiie au xixe siècle. Mobilier civil et relig., dessins grandeur d'exécution. *Paris, Juliot s. d.*, 3 vol. in-fol., en cart.

141. Pfnor (Rod.). Ornementation usuelle de toutes les époques, dans les arts et en architecture. *Paris, Devienne*, 1866-67, gr. in-4, orné de 140 pl. dont plus. en chrom., demi-rel.

142. Picart (B.), *graveur*. Recueil de 44 planch. en taille-douce, grav. de 1727 à 1729. Petit in-4, maroq. brun, orn. fil., dent., tr. dor. (*Gruel*).

143. Piranesi (Fr.), *Romano*. Raccolta de tempe antichi. *In Roma*, 1776, in-fol. sur onglets, demi-rel.

> Cette première partie de l'ouvrage comprend XXII planch., dont plusieurs doubles, représentant : Le temple de Vesta, la Grotte de la Sybille, à Tivoli, le temple de l'Honneur et celui de la Vertu.

144. Piranesi (Gio Batt.), *Veneziano*. Opera varie d'Architettura prospettiva. Grotteschi Antichita sul gusto degli Antichi Romani. *In Roma*, 1750, fort vol. gr. in-fol., grav. en taille-douce par l'auteur, veau ant.

145. Piranesi (Gio. Batt.) Le Rovine del Castello dell'acqua Giulia situato in Roma. *Roma*, 1761, gr. in-fol., frontisp. et XIX planch. grav. en taille-douce, rel. peau de vélin, dos orn.

146. Planazu (Rey de). Œuvres d'agriculture, ouvr. orn. de pl. color. à l'aquarelle. *Paris, Grangé*, 1787, in-4, maroq. rouge, orn., fil., tr. dor. (*rel. anc.*).

147. Plumier (le P.), *Minime*. L'art de tourner en perfection. *Paris, Jombert,* 1745, in-fol., titre grav., 79 planch. en taille-douce, veau ant.

148. Pozzi (Ch. M.). Ornamenta nobili per sale, camere et giardini. *Fuldæ,* 1708, in-fol. de 59 pl. grav. en taille-douce (la plupart doubles), rel. vélin.

149. Prignot (E.). Ornementation moderne. Décors intérieurs pour édifices publics et privés ; ensembles et détails photographiés sur les dessins orig. de l'auteur. Collect. de 75 photogr. in-fol. sur bristol, en un carton.

150. Prisse d'Avennes. L'Art arabe d'après les monuments du Kaire, depuis le viie siècle jusqu'à la fin du xviiie. *Paris, Morel,* 1877, 1 vol. de texte, in-4, contenant 34 pl. gravées hors texte, et plus de 70 vign. dans le texte, et 3 vol. d'atlas, in-fol. grand aigle, contenant env. 200 planch., dont un grand nombre impr. en couleurs par Lemoine, Schmidt et Penel. Rel. demi-maroq., avec coins, dos orn., tête dor., n. r.

151. Pugin (Aug.). Antiquités architecturales de la Normandie, avec texte histor. et descriptif de J. Britton, trad. par Alph. Le Roy. *Paris* et *Liège,* s. d., 80 pl. mont. sur ongl., in-4, demi-veau fauve, dos orn.

152. Pugin (A.-W.). Types d'architecture gothique empr. aux édifices les plus remarq. construits en Angleterre du xiie au xvie siècle et représent. en plans, coupes, élévations et détails géométr. Texte trad. par le colonel Delobel, la partie graph. revue par Godefr. Umé. *Paris* et *Liège,* 1854, 3 vol. in-4, demi-maroq., tr. rouge.

153. Pugin (A-W.). Les Vrais principes de l'Architecture ogivale ou chrétienne et leur renaissance au temps actuel, revu, augm. et publ. par T.-H. King. *Bruxelles, Gand* et *Leipzig,* 1850, in-4, frontisp., nombr. lith. et chromolith., demi-maroq. noir, tête dor.

154. Quéverdo et Ch. Normand. Epoque Louis XVI, décorations intér., frises, dessus de porte, etc., etc., 36 planches grav. sur cuivre. *Paris, Bance,* pet. in-4 (*Piq. d'humid.*).

155. Raggualio delle Maesta di Filippo Quinto et di Elisabetta Farnese, frontisp. et V gr. pl. grav. en taille-douce. *Parmæ*, 1717, pet. in-fol., vélin.

156. Ramée (Dan.). Hist. générale de l'architecture, ouvr. ornée de 523 gr. sur bois. *Paris, Amyot*, 1860, 2 vol. in-8, demi-maroq, dos orn.

157. Recueil de 55 grav. en lith. extraites du journal l'*Artiste*, 1 vol. in-4, demi-chagr., pl. sur onglets.

158. Restif de la Bretonne. Hist. des mœurs et du costume des Français dans le XVIIIe siècle, ornée de XII estampes dessinées par Sigismond Frendenberg, et grav. par les premiers artistes. *Paris, Willem*, 1878, in-fol., rel. demi-maroq. du levant avec coins, tête dor., pl. sur onglets.

159. Rossi (Domenico de). Studio d'architettura civile, opera de piu celebri architetti de nostri tempi. *Roma*, 1702, 3 vol. in-fol. d'ensemble 285 pl. grav. sur acier, dont un gr. nomb. doubles montées sur ongl., rel. veau.

160. Roubo fils, *maître menuisier.* — L'Art du menuisier, 3 parties en 6 vol. in-fol. ornés d'ens. 382 planch. grav. sur acier. *Paris*, 1775, 6 vol. in-fol. demi-maroq. rouge, dos orné.

    Menuiserie des maisons, des églises, etc. Meubles, carrosserie, treillage, etc.

161. Rusconi (G.-A.). I dieci libri d'architectura secondo il precetti di Vitruvio. *In Venetia*, 1660, in-4, titre grav., nombr. vign. sur bois.

162. Saint-Pierre (Bernardin de). Paul et Virginie, suivi de la Chaumière indienne. *Paris, Curmer*, 1838, gr. in-8, 7 grav. sur acier d'après les dessins de Laffitte, Tony Johannnot et Meissonnier, et 30 grandes grav. sur bois, imprimées sur Chine ; 413 vign. dans le texte, etc., etc. rel. chagr. noir, t. d.

163. Santi Bartoli (P.) et Rossi (L.-F.). Le antiche Lucerne sepolcrali figurative. édit. enrich. de 116 fig. en taille-douce. *In Roma*, 1729, in-fol., veau ant.

164. Santi Bartoli (P.) et Rossi (Dom). Gli antichi sepolcri overo mausolée Romani ed Etruschi ; ouvr. enrich. de 110 pl. en taille-douce. *Roma*, 1727, pet. in-fol., veau ant.

165. Savot (Louis), *Médecin du Roy*. Discours sur les médailles antiques, divisé en iv parties esquelles il est traicté si ces médailles étaient monnayes, etc. *Paris, Cramoisy*, 1627, petit-in-4, vélin.

166. Sensier (Alfr.). Etude sur Georges Michel, avec portr. et 16 eaux-fortes avant la lettre, d'après les œuvres du maître. *Paris, Lemerre*, 1873, in-8 jésus, pap. fort.

167. Série Morel. Prix de base et de règlement applicable aux trav. de bâtiments, conformes à ceux de la *série officielle* dressée en 1880. *Paris, Marchal-Billard*, 1880, in-4, cart.

168. Serlio (Sebast.). Architettura con nuoua aggiunta delle misure di tutti gli ordini de componimenti. *In Venetia, Sessa fratelli*, 1559, in-fol., 20 pl. hors texte, nombr. grav. sur bois dans le texte, frontisp., fleurons, demi-vélin avec coins, orn., fil., tr. rouge.

169. Serlio (Sebast.). Tutte l'opere d'architettura et prospettiva. *Vinegia*, 1600, in-8, demi-maroq., dos orn.

170. Serpio (Sabastiano). Architettura, mise en langue franç. par Jehan Martin. *Paris*, 1545, vii livres en 5 vol. pet. in-fol., demi-maroq.

171. Signes inconditionnels (Essai sur les) dans l'Art par D. P. G. H. de S. *Leyde*, 1827, in-fol., 9 planches grav., dont 5 doubles et montées sur ongl., 4 simples color. à l'aquarelle, vign. dans le texte, demi-veau, avec coins.

172. Speculum romanæ magnificentiæ. Omnia fere quæcunq. in urbe monumenta extant. *Romæ*, 1852, in-fol. de 136 planches, grav. sur acier et coloriées à la main, vélin.

Exempl. donné à Berryer le 8 septembre 1861, par Nicollini Giovanni, architecte de Pie IX.

173. Stevenson (J. J.). House architecture. *London, Macmillan*, 1880, 2 vol. in-8, nombr. grav. sur bois, cart. perc. de l'édit., ent. n. r.

174. STRADA (Ottavio). Libro de Dissegni per far vasella di argento et oro, etc. (*Wien*, 1759). Herausgeben von dem K. K. Osterr. museum für Kunst und Industrie. *Wien* 1869, in-fol. de 43 planches en carton.

175. STULER (A.)., PROSCH (E.)., WILLEBRAND (H.). Das Schloss zu Schwerin, auf befehl seiner Koniglichen des grossherzogs. *Berlin*, 1866, in-fol. gr. aigle, sur bristol, de 41 planches dont 14 en couleurs, et de nombreuses vign. dans le texte, en carton.

176. THIOLLET. Modèles de menuiserie. *Paris, Bance*, 1837, in-fol., frontisp. et 72 pl. dessinées et lith. par THIOLLET et ROUX ainé.

177. TISSOT (V.). La Russie et les Russes, illustré de plus de 240 grav. *Paris, Plon*, 1884, in-8 jésus, cart. de l'éditeur, toile orn., tr. dor.

178. VAN YSENDYCK (J.-J.). Documents classés de l'art dans les Pays-Bas, du x° au xviii° siècle, recueillis et reproduits par VAN YSENDYCK, *architecte. Anvers*, 1880-84, 5 v. in-fol., pap. de Hollande. Les 4 prem. rel. demi-maroq. du Levant avec coins, tête dor., n. r. Les pl. montées sur onglets ; le 5° en livrais.

La publication se continue.

179. VARIGNON. Éléments de mathématiques. *Paris, Brunet*, 1731, in-4, 22 pl. grav., veau granit, fil., dos orn.

180. VASARI (G.). Le vite de piu eccellenti, pittori, scultori e architetti. *Firenze*, 1846, 13 vol. in-12, nombr. portr. sur bois.

181. VERDIER (Aymar) et CATTOIS (le d.). Architecture civile et domestique au moyen âge et à la renaissance. *Paris, Morel*, 1864, 2 vol. in-4, avec 114 planch. grav., demi-rel. maroq.

182. VIGNOLE (J. Barozzio de). Règles des cinq ordres d'architecture avec l'ordre français et un petit traité de la coupe des pierres, etc. *Paris, Mondhare et Jean, s. d.*, in-4 de 58 pl. grav. en taille-douce, demi-maroq., dos orn.

183. VIGNOLE (J. Barozzio de). Règles des cinq ordres d'architecture revues et réduites par BLONDEL, avec plusieurs augm. de MICHEL-ANGE, VITRUVE, SCAMOSI, etc., etc. *Paris, Basset, s. d.*, petit in-4, titre grav., 76 planches sur acier, demi-rel.

184. VIGNOLE (J. Barozzio de). Règles des cinq ordres d'Architecture avec plusieurs morç. de MICHEL-ANGE, VITRUVE, MANSARD, etc., le tout enrichi de cartels, culs-de-lampe, paysages, fig. et vignettes, etc., etc. *Paris, Charpentier*, 1757, in-fol., titre grav., frontisp., 106 pl., dont plus. doubles, demi-rel.

185. VIOLLET-LE-DUC. Compositions et dessins publ. sous le patronage du COMITÉ de l'œuvre du Maître. *Paris, Des Fossez*, 1884, in-fol. colombier, tiré sur papier bristol, monté sur ongl., portr., rel. velin, orn. fil.

Exempl. de luxe. Tirage à petit nombre, n° 141.

186. VIOLLET-LE-DUC. Hist. d'un dessinateur. Comment on apprend à dessiner; texte et dessins par Le Maître. *Paris, Hetzel, s. d.*, gr. in-8, orn. d'un frontisp. en chromolith. et 108 fig. dans le texte, demi-maroq. bleu, tête dor., n. r.

187. VIOLLET-LE-DUC et son œuvre, dessiné par Cl. SAUVAGEOT. Ensemble XII pl. et 150 fig. dans le texte. *Paris, Morel*, 1880, gr. in-4, demi-maroq. vert, dos orn.

188. VITRUVE (M. P.). De architectura libri decem traducti de latino. *Romæ*, 1521, in-fol., nombr. grav. sur bois dans le texte, demi-rel.

189. VITRUVE, traduit par Jean MARTIN avec un appendix par Jean GOUJON, *architecte.* (Unique écrit laissé par le célèbre artiste). Enrichi de 161 grav. sur bois d'après les dessins de Jean GOUJON. *Paris, Hiérosme de Marnef*, 1547, petit in-fol., demi-chagr. brun, dos orné.

Incomplet du titre et de 6 pages.

190. VITRUVE. Les dix livres d'architecture, corrigés et traduits en françois avec des notes et fig., par M. PERRAULT, *de l'Acad. Royale des sciences. Paris, Coignard*, 1684, in-fol.,veau ant.

191. Vitruve. Les dix livres d'architecture avec les notes de
Perrault, nouv. édit. revue, corrigée. et augm. d'un gr.
nombr. de planch. et de notes import. par E. Tardieu et
A. Cousin, *Architectes. Paris, Morel*, 1859, 2 vol. in-4,
dont un de 94 planches grav. au trait sur acier, cart.

192. Vredemann *père et fils.* Architectura : traité des V ordres
d'archit. suiv. les préceptes de Vitruve, ouvr. utile aux peintres, sculpteurs, architectes, et édiles, grav. par H. Hondius.
Hagæ, 1607, in-fol. obl., 31 pl grav., rel. vélin.

193. Vrièse. Architecture : modèles de décoration intérieure
et extérieure, palais, temples, places publiques etc. 22 pl. et
un titre grav. en taille douce par J. Cock et Hertel. *S. L.
n. d.*, in-4 obl., maroq., orn. fil., dent. int. (*Gruel*).

194. Walluf (Daniel) et Kickelhann (Herm.). Stadt, Land
und Gartenhauser ausgefürht zu Frankfurt am mein. *Frankfurt*, 1858, coll. de 36 planches lithogr. en 1 cart.

195. Wallon (H.), de l'*Institut*. Jeanne-d'Arc. Edit. illustr. de
14 chromolith., 4 photograv. et 216 grav. sur bois, d'après les
monuments de l'art depuis le xvᵉ siècle jusqu'à nos jours.
Paris, Didot, 1876, gr. in-8 jésus, br.

196. Waring (J.-B.). The arts cunnected with the architectura
illustrated by examples. *London*, 1858, in-fol. gr. aigle, sur
bristol, titre or et couleurs, fac-simile, orné de 41 plan hes
montées sur ongl., dont 36 en chromolith., demi-maroq. vert,
avec coins, n. r., tête dor.

197. Zanini (Gioseffe, Viola). Della architettura libri duo, nomb.
grav. sur bois. *In Padova*, 1678, petit in-4, vélin.

SUPPLÉMENT

198. Androuet du Cerceau (J.). Le Premier livre des bastiments de France. *S. l. n. d.*, in-fol. de LII pl. la plupart remontées, demi-maroq. avec coins, planches sur onglets.
Incomplet des titres.

199. Bérain (Jouanès). Fac-simile de ses œuvres par Midart, *Paris, Caudrillier, s. d.*, in-fol. de 50 planch. lithogr. en noir. En cart.

200. Bréasson (J.). Les Métaux ouvrés, — Menuiserie et ébénisterie. — Emploi dans la construction et la décoration. *Paris, Storck*, 1882, 2 vol. in-4, enrichis de 144 planch. impr. en couleurs, demi-rel., planch. sur onglets.

201. Choisy (A.). L'Art de bâtir chez les Byzantins, ouvrage enrichi de 178 fig. dans le texte et XXV gr. planch. hors texte grav. au trait par J. Sulpis, sur les dessins de l'auteur. *Paris*, 1882, in-fol. en cart.

202. Claësen (Ch.). Motifs de décoration extérieure et intérieure : marbrerie. *Paris, Liège, Berlin, s. d.*, in-fol. de 35 planch. en cart.

203. Coleman (C.). A Series of subjects peculiar to the campagna of Roma. *Rome, Spithover*, s. d., in-fol. de 53 planches, sur Chine, cartonné.

204. Dupont-Auberville. L'ornement des tissus ; cent planch. en couleurs, or et argent. *Paris*, 1875, in-fol., en livraisons dans un cart.

205. FLAXMAN (J.). Œuvres, auxquelles on a joint les tragédies
de Sophocle par GIACOMELLI. *Paris, Morel*, s. d., in-fol. de
150 planches avec texte, en cart.

206. GALARD (Le Marquis de). Monographie du château de Wi-
deville, accompagnée de 12 eaux-fortes de A. GUILLAUMOT,
sur papier de Chine. *Paris, Librair. Générale*, 1879, gr. in-4,
pap. Hollande, veau, avec coins, dos orn., fil., tête dor.
   Tiré à 50 exempl. — N° 33.

207. GALERIE DE RUBENS, dite du Luxembourg, ouvrage com-
posé de 25 estampes avec l'explication allégorique de chaque
sujet, *Paris, Deterville*, s. d., in-fol., demi maroq. rouge,
avec coins, dos orné, fil. (*Taches de rouss. et cass. à 1 feuil.*).

208. GATTEAUX (J. Edouard), *de l'Institut*. Catalogue par ordre
chronologique de ses ouvrages de gravure et de sculpture.
Paris, Claye, 1875, in-fol de 34 planches, demi-maroq.
rouge du levant avec coins, planch. sur onglets, tête dor., n. r.

209. GERLACH (Martin). Allégories et emblèmes avec texte explicatif par le doct. Albert ILG, 1re partie. *Vienne*, 1882, in-
fol. de 90 planch. en noir ou bistre, sur pap. de Chine, en cart.

210. GONCOURT (Jules de). Eaux-fortes; notice et catalogue par
Ph. BURTY. *Paris, Librairie de l'Art*, 1876, in-fol. enrichi
de 86 planches en un cart. album.
   L'un des 200 exempl. sur papier de Hollande (n° 10).

211. GOURLIER, BIET, GRILLON et TARDIEU. Choix d'édifices
publics en France, extrait des archives du Conseil des bâtiments civils. *Paris, Colas*, 1828, 4 vol. in-fol., 420 planches
en cartons.

212. GRIECHISCHE TERRACOTEN aus Tanagra und Ephesos in
Berliner Museum. *Berlin*, 1878, gr. in-4 de 32 photogr.

213. HULME (F. Edward). Suggestions in floreal design. *Londres, Paris, et New-York*, s. d., gr. in-4, enrichi de 50
pl., contenant 236 sujets en chromolith., or et couleurs, cart.
de l'éditeur, tr. dor.

214. ITALIE. Recueil de vues pittoresques. In-fol. de 78 planch. anc., demi-maroq. rouge.

215. KING. Choix de modèles d'orfèvrerie et ouvr. en métal du moyen âge ; plans, coupes et élévations. *Bruxelles et Paris*, 1857, in-fol. de 48 planches dont 14 doubles en cart.

216. LE PAUTRE. Collection des plus belles compositions de LE PAUTRE, gravée et publiée par DECLAUX ET DOURY. *Paris, Les Auteurs, s. d.*, in-fol. de 100 planches, cart. tl.

217. LONGPÉRIER (Adr. de). Choix de monuments antiques en Orient et en Occident. *Paris, s. d.*, gr. in-4 de 39 planches en noir et en couleurs ; en cart.

218. MARCENAY (de) de GHUY, *graveur*. Son Œuvre. *Paris, l'Auteur, s. d.*, in-fol. de 53 planches, sur Chine, montées sur bristol, demi-velin avec coins.

219. MOYR SMITH. Album of decorative figures. *Londres*, 1882, in-fol. de 50 planches en bistre, cart. de l'éditeur.

220. MYNAND (Janssens). Bains et lavoirs publics ; plans, élévations et détails. *Bruxelles*, 1855, in-fol. de XII planches, demi-maroq., planch. sur onglets.

221. OWEN (Jones). Grammaire de l'ornement, illust. d'exemples pris de divers styles. *Londres et Paris*, s. d., in-fol. de 112 planches en chromolith. or et couleurs contenant plus de 2000 motifs, cart. tl. de l'édit., tr. dor.

222. PÉQUÉGNOT. Architecture, sculpture, cheminées, plafonds, décorations extérieures d'après les maîtres, gravées en fac simile. *Paris, Ducher, s. d.*, in-4 de 200 planches sur pap. teinté.

223. PFNOR. Monographie du château de Heidelberg dessinée et gravée par Rodolphe PFNOR, accompag. d'un texte histor. et descriptif par D. RAMÉE. *Paris, Morel*, 1859, 2 parties en 1 vol. in-fol. de XXIV pl. en taille-douce, demi-maroq., fil., planches sur onglets.

224. Pfnor (Rod.). Monographie du palais de Fontainebleau. *Paris, Morel,* 1873, 2 vol. in-fol. de CL planch., demi-maroq. vert, fil., ent. non rogn., planch. mont. sur onglets.

225. Poidevin. Recueil d'ornementation architecturale de ce maître. *Milan,* 1782, in-fol. de XIII planch. grav. sur acier, demi maroq. noir, planch. sur onglets.

Taches de rouss.

226. Prignot (E.). L'Architecture, la décoration, l'ameublement. *Paris, Liège* et *Berlin, Claësen, s. d.,* in-fol. de LX planch. photogr. sur les dessins de l'auteur, demi-maroq. avec coins, orn., fil., tr. dor., planch. sur onglets.

227. Raphael. La fable de l'Amour et Psyché, trente-deux compositions gravées au trait par Marchais et expliquées par l'abrégé du roman d'Apulée. *Paris, Morel,* 1878, in-fol. de XXXII pl. sur pap. de Chine, avec un texte explicatif, en cart.

228. Schoy (Auguste). Motifs décoratifs de l'époque Louis XVI, d'après les estampes originales. *Paris, Claësen,* 1877, in-fol. de 80 planches, sur Chine, en cart.

229. Silvestre et Paillet. Lettres, chiffres et armes tirés des principales bibliothèques de l'Europe. *Paris, Morel,* 1863, in-fol. de 60 planches en noir et couleurs, demi-maroq., pl. sur onglets. (*Mouillures*).

230. Texier (Ch.) et Poplewel (Pullon). L'Architecture bizantine ou recueil de monuments des premiers temps du Christianisme en Orient, précédé de recherches histor. et archéolog. *Londres,* 1864, in-fol. de 70 planches lith. en noir et en couleurs, carton. de l'édit., tr. dor.

231. Ungewitter (G. G.). Monuments funéraires du moyen âge. plans, élévations, coupes et détails. *Paris, Morel,* s. d., in-fol. de 48 pl., avec frontisp., carton.

232. Van de Kerkhove (J.). Cent eaux-fortes, gravées d'après les tableaux de Frédéric Van de Kerkhove, mort en 1873, à l'âge de dix ans et onze mois. *Paris,* 1877, in-fol. en cart.

233. Van Der Kellen. Le Peintre-Graveur hollandais et flamand, ou catalogue raisonné des estampes gravées par les peintres de l'école hollandaise et flamande, avec des FAC-SIMILE. *Utrecht, Leipsig, Paris*, s. d., in-fol. enrichi d'eaux-fortes sur Chine, en cart.

234. Viollet-Le-Duc et Polonceau. Wagons du train impérial de la ligne d'Orléans. *Paris, Bance, 1857*, in-fol. de XIII planches en noir, couleurs et or, cart., planch. sur onglets.

235. Vredeman de Vriese. Plusieurs menuiseries comme portaulx, garderobbes. buffets, chalicts, arches etc., etc., le tout fort artistement adgencé et mis en lumière par ant. Van Trigt, l'an 1869. *Bruxelles, Van Trigt, 1869*, 2 parties gr. in-4 obl. de XL planches en photolithographie, en carton.

136. Armengaud. Les galeries publiques de l'Europe : Rome. *Paris*, 1868, in-fol., orné de 255 grav., et nombr. vign., demi-marcq., avec coins, orn. fil., tête dor., n. r.

---

237. Revue des Deux Mondes. De l'année 1836 à 1874, 133 volumes gr. in-8, demi rel. veau bleu, dos orné, tr. peigne.

Avignon. Imprimerie Seguin frères, rue Bouquerie, 13.

RED.:

20

MIRE ISO N° 1
NF Z 43-007
AFNOR
Cedex 7 - 92080 PARIS-LA-DÉFENSE
graphicom

0 1 2 3 4 5 6 7 8 9 10

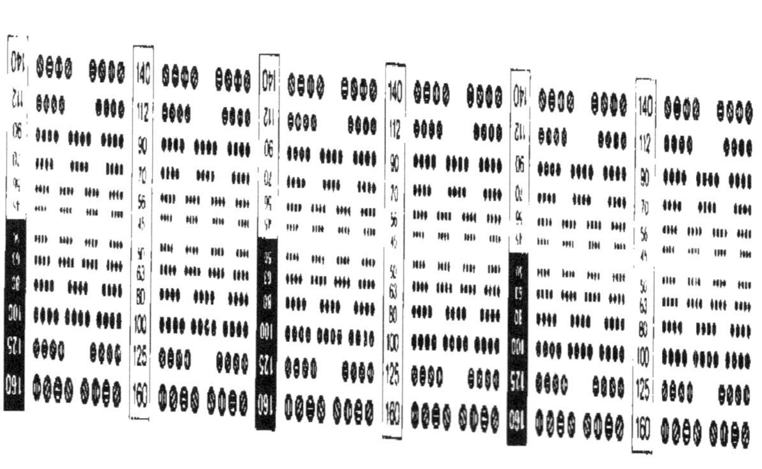

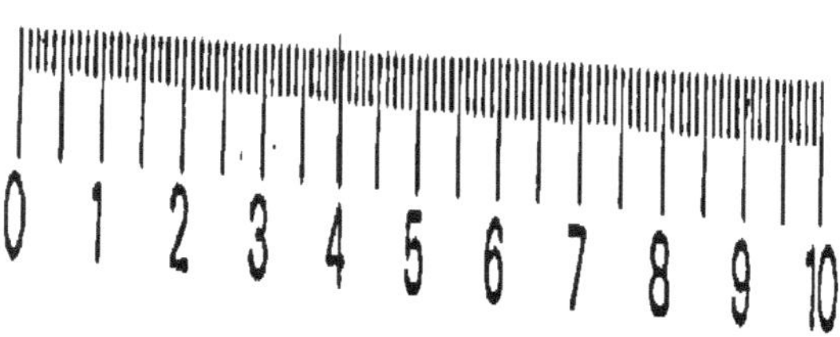

BIBLIOTHEQUE NATIONALE DE FRANCE

****

CHATEAU DE SABLE

1996

www.ingramcontent.com/pod-product-compliance
Lightning Source LLC
LaVergne TN
LVHW020624180726
843502LV00006B/1855